初筆故事集

彭士瑋 著

社團法人台灣也思服務學習協會 總策劃

目錄

【推薦序一】

祝福與感恩

彭明輝、邱幗妍
士瑋爸爸、士瑋媽媽

士瑋是我的大寶貝。在他七個月大的某一天早晨醒來時，我試著對他說了二十至三十次的「早安」，反覆確認他「聽的到卻不回應」時，我想我有了一個特別的孩子。

士瑋的個性溫和柔軟，喜歡讀繪本、畫畫、玩積木與磁鐵。白天我固定帶著他出門散步、撿拾花草樹枝和砂石，晚上則陪他畫圖、閱讀或玩耍，然後唸故事陪伴他入睡。士瑋說話的內容常是故事裡人物的對話。他會不斷提問，期待你替那個人物回答已被他預設好的答案。

一歲半時士瑋疑似「亞斯柏格症」，醫生建議為他找有小朋友互動的環境。士瑋進了離家最近的幼托班，每天上午與三個同齡的孩子為伴，中午用完餐後回家。最初還好，不久後就每天都想「把房子炸掉」。我發現他在園裡因為吃飯過慢而常被罰站。在請老師做「不吃完沒關係，吃太晚要收碗但不罰站」的調整後，士瑋安穩了一段時間。後來園所仍有各類的期待和要求，雖與園方持續的溝通與調整，士瑋最終還是拒學了。

二歲的拒學生教導我：老師是次於父母之外對孩子影響極深遠的人。學校則是另一個家，整體的氛圍決定了是否承托、守護的住孩子。

士瑋三歲半前住在寧靜純樸的關西鎮，生活裡只有家、阿婆家、關西鎮的街道和校園，偶爾我也帶他陪阿婆去內灣出攤增加一些生活趣味。後來，我找到在竹北的早療課程，也等到了台大兒童醫院心智科的門診。士瑋在三歲九個月時被確診「亞斯柏格症」。我認為這樣的特質與生俱來無需隱藏，因此他開始背上標籤行走於未來所有場域。

後來我們搬到離士瑋爸爸工作地點很近的地方。此時妹妹出生，士瑋進入新家旁的幼兒園。對士瑋而言，他的世界發生了極大的變化。當時帶班老師的兒子有過動症，所以對特殊需求的孩子諸多耐心，也能理解士瑋與人互動與意見表述的困難點。在她的幫助之下士瑋順利迎接新的變化，也渡過快樂的幼幼班生活。升上小班時更換了導師，士瑋開始出現學習適應上的困難。他依然與其他的孩子很少接觸，孩子們常聽不懂他在說什麼，發生爭執和衝突時也常無法釐清問題。士瑋很少分享他的日常，我只能在接送孩子時從熱心的媽媽們口中聽到別的孩子說他在校出了什麼狀況，回家後提問拼湊，隔天再到園裡向老師詢問狀況交插比對，儘量了解他遇到了什麼事情。我希望協助他與外界的溝通，也期待親師與家校能有同心互助的夥伴關係，讓從星星來的士瑋能雙腳落地，真正的踏上地球。

士瑋學齡前的困境沒有因為年齡的增長緩解，也沒有因為媽媽對教育理念的期待與嚮往而發生戲劇性的轉變。他在愛、期待與擔憂下，往來不同城市上一堆早療課程，不斷接受他人的選擇和安排，並待在別人心之所向的環境裡試圖尋求內心的自在與安穩。當成人們以愛為名、想方設法地將他引往「成為一個自由的人」的方向時，或許已無意識地將他推往另一個框架裡，讓他在集體意識裡被迫改變自己的心志，而解離、扭曲，和麻痺自己的感受以求取在團體裡生存和喘息的可能性。

四歲時，在草原上的士瑋說：「太陽好大ㄛ，照的我都快要融化了。」

六歲時，在科博館參觀的士瑋說：「我只要生，不要老病死。」。

十歲時，說個不停的士瑋說：「宗教是控制人心的工具。」。

十二歲時，圖畫到一半的士瑋說：「我的顏色跑掉了，以前是彩色的，現在只剩下黑與白。」

二〇一九年一月十六日的深夜士瑋開始創作。原本我答應替他打字，但他實在是寫的很多（當時大約有三十多萬字），字又極難辨認（書寫障礙），所以在有人欠了一大堆未打完的稿件時，他決定自己學打字趕稿和修稿。在打字輸入手稿第一章節並做修改了一段時間後，士瑋發現書中的人物成長了，原初設定的世界觀開始崩解，無法繼續建構。幾番掙扎後他決定放棄原有設定，選擇重新開始。這是士瑋自我療癒的起點，也是新的開展和創生。

祝福勇敢實現夢想的士瑋，也感恩所有的一切。

【推薦序二】

與世界對話，並且學習去愛

林淑真
聖類思實驗教育　計畫主持人

書寫，是士瑋的自我療癒之旅。

認識士瑋超過五年了。五年來，士瑋是一路在書寫與創作的。透過書寫，士瑋慢慢地梳理過去記憶中的困難、挫折、創傷。他發現——原來那些記憶與經驗自有意義。透過創作，士瑋在洞察、反思自我與他人的生命經驗中，漸漸地從關照自己，學習關照他人。

作為士瑋的高中老師，為他的第一本創作——《初筆故事集》寫序，除了榮幸，更多的是感動。這些感動來自五年來，我一路看著士瑋的成長軌跡與心路轉化；這些成長與轉化，大部分都來自他在書寫時的感悟。對於一位剛從青少年步入青年階段的創作者，能有這些感悟，並且化作細緻文字，實在難能可貴。

兩年前，在「經典閱讀與哲學思辨」課堂上，我和青少年們討論蘇格拉底「無人自願作惡，作惡皆因無知」的論證。

士瑋回應著：

「無人自願作惡，或許吧！畢竟萬物都是順著自己的情感與需求去作為，一切的善惡不過是一種選擇。在很多情形之下，為惡也是很正常的。但是，無論如何，我們不能否認很多人因為這些看似正常的行為而成為受害者的事實。那些施加正常行為的人就被稱之為加害者。過去，我曾經被班上的師生分別霸凌，或許他們也可以說出自己這麼做的理由，但是我沒有必要，也不想了解！我更沒有責任必須對他們的作為讓步；因為，他們傷害我是事實啊！」

一年前，我帶著青少年們到台大看展。士瑋在看展後的討論時間，對著十來位青少年和我，語氣平緩而篤定的說：

「這次的展覽大部分的作品都是在表達生命中的挫折或退縮經驗，這些作品讓我想到在我的生命中有很長一段時間都自認為是受害者的角色。但其實我這大半年來一邊創作，一邊在思考。我是不是受害者和加害者兩個角色都經驗過？國中被我稱之為被霸凌時期，當時我也將全班同學都當成敵人，因此那時我有一種眾人都與我為敵的感受。因為被我當作敵人的是全班同學，我在面對偶爾對我釋出善意的人，也做出了阻隔或抗拒的行動。我後來想，釋出善意的人可能也被我無意中傷害了。我還是會對那段時期的痛苦感到難受和不舒服，但我對自己的立場開始有了一些疑惑。這些疑惑讓我多一些思考空間，人比較不會一直在不舒服的狀態。」

這些年來，士瑋從無法談那些傷，到可以碎片式的提及；從不願觸碰那些傷，到可以清楚說明當時自己與全班師生發生了什麼事；從受害者的角色，看到事情都有雙面性，自己可能在無意中也損及他人。

創作過程，士瑋會與我討論著自己的寫作方向，他曾說「自己的創作方向是嘗試著呈現人性的各種面向。那些面向是複雜的，裡頭都蘊含著情感，人的情感是最需要被看見的。」我想，在創作中，士瑋的嘗試讓他融入在作品的各種角色中，練習以不同視角看事情和感受不同角色的特質、性情，他擴大了自己的視框，也更理解、接納人的複雜性。

書寫，讓士瑋療癒自我，也從關照自己走到關照他人。創作，讓士瑋可以透過各種角色設定，去靠近這個世界的他者，進而學習去愛這個世界。

療癒與愛，都要慢一點，先從自己，再到重要他人；然後，他會再擴展，擴展到可以去愛，可以去療癒走到他身旁的每一位「他者」。

祝福士瑋，持續書寫與創作——這是他與世界對話，並且學習去愛的重要路徑。

【推薦序三】

初試啼聲，全新旅程

郭瑤萍 Anita
台灣也思服務學習協會 秘書長

士瑋出書，這是令人振奮的消息！

回想過往和士瑋在課堂上討論關於人權、環保、學習等議題時，個性敦厚的他總是很有禮貌地分享自己的獨特見解，積極參與討論，即使偶而難以言明，他也會不斷自我反思，嘗試用不同表方式，澄清他真正的想法，士瑋願意自我探索的勇氣以及與他人連結的動力，這樣的特質尤為可貴。因緣際會，我和士瑋的關係從師生轉變為雇主與同事，他對待工作不馬虎、不輕言放棄的態度，獲得夥伴們的一致肯定，同時也營造了共融的職場氛圍。

因此當他成功出書，我並不意外，反而為他的成就感到由衷欣喜。《初筆故事集》不僅是他的創作初試啼聲，開啟了一場全新的旅程，更是一扇通往更遼闊世界的大門。

士瑋以獨特而細膩的世界觀，文字之間流露出對生命的探索與思索。他以星辰、旅人、野獸與王子為象徵，描繪了一場場關於成長、孤獨、夢想與失落的故事，這些故事或許帶著童話的色彩，卻蘊含著真摯的人生哲理。正因他的內心世界與眾不同，讓他的筆跡裡，有著來自星空的寂寞，也有來自大地的溫暖；有迷失於旅途的徬徨，也有對未來的無限嚮往。他的筆觸能夠捕捉到我們平時未曾察覺的情感，也讓人得以窺見他對世界的觀察，感受他對人性的體悟。

士瑋創作的這些短篇故事集不只是獨立的作品，而是一粒粒種子，正在他即將邁向的創作路途上被孕育著。很榮幸的，我有機會見證士瑋如何用文字表達內心的波瀾，他的創作不只是寫作的練習，更是對世界的一種回應。

這只是開始，而這個開始，已如此動人。讓我們翻開這本書，進入士瑋的故事世界，一起見證這位年輕作家的初筆之路。

【推薦序四】

是「初筆」，也是心路歷程的凝結

丘世竹
師者與同行者

與士瑋的相遇，始於一場對話。

那時的他，還是一個在教育體制中掙扎的孩子，對於群體、規則、期待感到困惑與排斥，在群體中遍體鱗傷的他，眼神和靈魂中卻有一股堅毅不屈。我們的學習關係起於語言的橋樑，卻很快地超越了語言本身，進入更深層的討論——關於神話、哲學、人性與道德，關於世界如何運行？關於人心如何被形塑？我見證了他的成長，不只是學識的積累，更是對於自我與世界的理解。

士瑋的母親是一位開明的教育者，給予我們極大的自由度，讓這場學習成為一場沒有框架的探索。我們嘗試了許多方式，從英文學習、健身訓練、生活技能，到閱讀與辯論。在這段陪伴的旅程中，我們經歷了許多「第一次」。第一次踏進超市，為自己挑選食材，動手做一份早餐；第一次踏進健身房，感受身體的力量與控制；第一次搭乘公車，摸索城市的運行軌跡；第一次進行面試，學習如何表達自己。這些看似日常的體驗，對他而言，卻是一次次向世界敞開的冒險，每一個第一次都帶來新的理解與挑戰。這些是士瑋的第一次，也是身為老師我這樣與學生經歷的第一次。

然而，這段師生關係並非一直平順。我們曾有摩擦，他曾對我的嚴格感到憤怒，也直言表達自己希望被對待的方式。我們的對話不僅僅是知識的交流，更是一場又一場關於價值觀的辯證，在每一次的爭執與磨合中，他越來越清楚自己的立場，而我也學會如何與他同行，而非僅僅是指引。

這些年來，唯一不變的是他對創作的渴望。他的世界觀透過書寫展現，他的內在思索在字裡行間流動。寫作，對他而言，不僅是表達，更是梳理、探索與建構。

曾經，他對我說：「我已經放棄小說可以改變什麼了，主要是因為我自己也沒天份去治癒，我有的天份只有創造以及感受。」這句話道出了他的本質——他不是一個試圖改變世界的說教者，而是一個誠實面對人性本質的觀察者與呈現者。他的小說不為批判，而是為了揭示——揭示人性的多面，揭示我們內心深處的渴望與掙扎。他試圖理解並呈現人類行為背後的驅動力，那些來自於生存需求、自我定義、對美的追求、對過往的掛念，以及對權力與優越的渴望。更進一步地，他也看見人性中的黑暗面：氾濫的同情心如何導致自我迷失，對於過去的執著如何讓人停滯不前，偽善的慰藉如何成為一種沉淪。

他的故事，並非單純的善惡對立，而是人性錯綜複雜的交織。在他的文字裡，你不會看到單一的英雄與反派，而是被現實與內心拉扯的個體。他的角色不完美，也不試圖成為完美，他們掙扎於道德與現實之間，在矛盾與選擇中摸索自身的位置。這樣的視角，來自於他對世界的敏銳觀察，也來自於他自身的經歷。

這一次，他即將展出自己的第一本短篇故事集。我相信，這不僅是一個作品的發表，更是一段心路歷程的凝結。在這些故事裡，我們會看見他的思考，看見他如何與自己對話、與世界對話，也看見他如何透過創作，試圖理解自己、理解人性。祝福每一位讀者都在他的文字中找到一些自己對世界的提問，因而更靠近自己。

【推薦序五】

成長與付出

謝瑞芳
傑羅思藝術設計師／藝術教師／負責人
羅思美術館　館長（中國廣東）

在人生道路上我覺得前行的方向有二種，一種是目標明確，另一種是無心插柳。教書就是不在我規劃裡的工作，我一心撲在設計裡長達二十年。二〇一五年是我人生的轉悷點，我當起了教畫老師。

教學生涯裡有很多學生令我刮目相看，士瑋就是其中之一。在我印象裡有二個同質性很高的同學，一個現在已是研究所的學生，開過畫展、畫作國際展覽入選並被收藏。我記得他上課時身旁一直有母親陪同，常糾結一個話題質疑母親，對老師尊敬話卻不多，是沉默的孩子。我覺得很難走進他的內心世界，可能當時我執教不久母親又隨侍在側。

士瑋是另外一個案例，剛開始其實並不覺得他是特殊的孩子，他會對突然發出的聲音對大家道歉，超級的有禮貌對他想求知之事。任何動作都會事先告知你，例如我想休息一下、我情緒不佳可能畫畫會受影響、要上廁所喝水……等等。我只覺得他奇怪，因為沒有母親陪同，人格非常獨立有思考，甚至說他正在寫書。

在同一個畫畫班裡他顯得非常特殊，我們很有默契地忽視他與別人不同之處。

剛開始教士瑋其實非常痛苦，他很固執。教他畫均等的格子輔助構圖需要三堂課，不斷地修改錯誤下堂課他又忘記了，記憶進入DNA他要付出比常人多三倍的時間，這個模式重複發生直到他畫出第三張練習插畫才停止。

對他的鼓勵與讚美從來不是因為他畫得很好而是有進步。但是第九張插畫——紫羅蘭花卻得到我由衷的讚美，對照以前的學習他此時已是位列正常畫的好的學生了。士瑋特殊之處是常與我討論他的想法，我能接收各種荒誕不羈的創意，他代表這個學生的思維模式與見解我都非常尊重，作為老師我會將創意引導到有利於畫面的構圖與畫面故事的營造上。因此我決定士瑋的第一幅畫作以全原創的方式進行。

我想這幅畫作應該是全世界獨一無二的，因為我們畫畫的順序是：

創意想法先做草圖↓正式構圖↓上色與光線營造↓審視完成作品與修改↓完成，也就是構圖時就已看出未來走向與藍圖和畫面的故事。但是士瑋卻完全相反，他的創意是根據我前天教了他甚麼第二天就會反映在畫面上，畫面上他畫了很多手我就解釋「手」可以理解為：掌握未來、合乎與合作、力量與支配，他會在手腕上加十字架、血液……等等象徵意義的東西來具體又充實的讓畫面故事更完整。

我覺得對他來說不是不會而是他沒有機會學習，

因為事實顯示只要上課他的思維就會運轉做出有效的意識充盈畫面，我覺得大學美術系最適合他，因為他是這樣努力又有想法的孩子，也是我第一位畫作以創意為構圖的學生。所有努力終將回報這是我對士瑋的信心。

孤身一人

在眾神已經離開大地，星星不再注視這個世界的時代。有一顆星星因為不捨離開大地，因此獲得了人類的身體，在地球上停了下來。在眾多的兄弟姐妹之中，星星是體型最小的一個，但他的智慧依然在眾多的生命之中是極為強大的，但與此相對他的情感也是如此。

在兄弟姐妹離開了世界後，星星也開始了他的旅途。首先來到一處沿海小鎮，在鎮上他認識了一個青年。青年是個漁夫，因每日的出航而身材魁梧，有這一雙湛藍的雙眼。暢談著日落時的美麗，青年和星星成為了好友，他們在這片漁鎮一起生活許多年。在那些霧氣迷濛的日子，星星會跟村裡的漁民一起出海捕魚，用他無形的光芒將海上的霧氣驅散，讓漁民能輕鬆的捕魚。

儘管覺得人類的生活過於繁忙，但和青年相處的生活非常愉快，星星也習慣了漁村忙碌的日子，和青年一起度過了漫長的歲月。然而在幾十年之後，漁村漸漸的衰落破敗，當時的青年也變成了老人，在一晚的深眠中與世長辭。看著他臨終時的模樣，星星在他的床頭哭了很久，隨後便收拾好心情離開漁村的廢墟，繼續踏上旅途。

他旅行了整整三個月，終於抵達了第二座城鎮。第二個他到達的城鎮，是一座繁華的大都市。在這座城市星星認識了一個少年，少年有著一頭漂亮的黑色頭髮，因為對文藝的追求而格外秀氣。基於對藝術的愛好，星星和少年暢聊了許久，隨後便決定要成為朋友。在和少年一起生活的時候，星星學會了人類的商貿以及文字，在與少年共處的時間裡他習慣了都市的生活，就這樣和對方生活了許多的年月。

然而在數十年後，少年也和青年一樣老了，在某個夜晚安詳的闔上雙眸。星星為他哭了三個月，在喪禮結束後的幾個月，他在一場宴會上認識了一名酒侍。酒侍的年紀正值壯年，留著一撮帥氣的鬍鬚，因長年的工作而身材精壯。

在和酒侍閒聊之後，星星和酒侍決定成為朋友。在與酒侍共事的那幾年，星星學會了如何烹調，並了解了人類對飲食的堅持。在那之後又過了好幾十年，城市因為新城市的發展而逐漸沒落，曾經的酒侍也在一次入睡後再也沒醒來，星星為他的死亡哭了兩個星期。在將他安葬了之後便收拾好了行囊，將僅有的錢當作旅費後離開了破敗的城市。

在這之後的一百餘年，星星依然在大地上流浪著，終於抵達了第三座城市。這座城市在過去的幾百年間，因為與另一座城市發生了衝突，最終演變成了長達數年的戰爭。在戰爭的廢土之中，星星認識了一名戰士，因長年的爭戰而傷痕累累，卻有一頭熾熱的金色頭髮，還有一雙美麗紫色眼睛。在戰爭的殘骸中星星發現了他，並將他從瓦礫之中救起。因為這段經歷他們的關係開始變得親密，逃離了戰線的戰士和星星一同四處流浪，最後卻在一次的空襲中死於砲擊。這次星星不只感到悲傷，甚至是感到了無比的憤怒，在以淚水和怒火焚燒空襲的國家後，星星在荒土上止不住地哭泣……

「為什麼？你們人類都走得這麼快？為什麼沒有一個人，能夠陪著我直到永遠？」

星星在荒土上哭泣了很久，沒有人知道他哭了多久，只能確定在他漫長的哭泣中，眼淚將大地從戰場上分成了兩塊，形成一道極為寬廣的海灣。沒有人知道星星是在何時停止哭泣的，但在他在水面上哭泣的某天，本應停留在天堂的神明向他發問：

「既然這麼痛苦，為什麼你不回到宇宙之中呢？人類的時間是很短暫的，比我們神明短暫了多，自然也比你們更短暫。既然如此愛也好，尊敬也好，最後也只會變成悲傷。這也是為什麼你的兄弟姐妹離開了大地，因為他們不想再繼續流淚了。可是為什麼，你沒有離開呢？」

神明向星星問著。星星擦了擦眼淚，對神明說到：

「確實，人類的生命太短了，不能陪我度過永恆的歲月。最初我也只是因為想再多留一會，所以才在這個世界待了這麼久。但是現在即便知道了人類終究會離開，我依然會選擇留在這裡，因為跟他們成為朋友是很快樂的事情。」

星星向神明說著，然後擦乾了眼淚，從海的中心起身離開，繼續進行他的旅程。在之後的旅程裡，他輾轉在各個城市停留，在那些城市停留了好幾年，並和當地的居民成為朋友。隨後又在城市衰落之後啟程離開，前往下一座城市居住。

而在某天的旅行中，星星在一處廢棄的城市暫留時，他注意到在廢墟的角落裡蜷縮著一名旅人。和之前遇到的人們都不同，旅人的身軀非常瘦弱，眼神沒有朝氣，除了手中握著的一小本書冊外，身邊沒有攜帶任何行李。就這樣疲憊的望著星星，禮貌地向他問候。

「你好啊，你也是流浪中的旅人嗎？」

「是的，你也好啊。」

星星禮貌地向旅人回應著，隨後便跨進了廢墟裡頭，和旅人坐在一起聊起了天。和以往遇到的人不同，旅人沒有談及他的生活和夢想，只是默默到坐在廢墟裡寫書。

「那個，你之後要去哪裡？」

星星好奇地向旅人詢問。聽到星星的問題，旅人沉思了片刻。然後他闔上了手中的書本，看著星星說到：

「我也不知道。其實我並不是旅人，而是這座廢墟主人的孩子。在很小的時候，我的爸媽就叫我要繼承家業，儘快的獨當一面。因此他們在我剛剛學會爬的時候就要我在明天前學會走，在我學會自己吃東西的時候就要我在明天學會修水管，在我懂得怎麼讀書前就要我去學投資。然而每件事我都努力過，但最後除了走路跟吃飯，以及讀書和說話外，我沒有一件事做得好。現在我長大了，而他們死了，因為不知道該怎麼埋葬他們所以我只能把他們丟下山谷，現在我是靠著他們遺留的財產度日，唯一的樂趣就是在小書冊上寫故事，雖然現在我是孤身一人，但只要還活著就好了。」男人如此的說著，臉上露出一抹失望的笑容。不知是什麼緣故，但星星對男人的心情有著一絲共鳴，也對男人如今的處境感到不甘。在漫長的旅途中他已經孤單很久了，或許是不想再這樣孤身一人，又或者想反駁活下去就好的想法。星星將身子向男人拉近了一點，然後問道：

「如果可以的話，要不要跟我一起旅行呢？總好過這樣一直待在原地吧？就算不是很卓越，就算無法完成你父母的理想，或者你自己的期許。但跟著我前進的話，或許能找到些其他，能讓你感到快樂的東西喔。」

星星向男人問到，男人沉默了一會，隨後卻硬生生的拒絕了，但他請求星星能在原處再陪自己一段時間。星星答應了男人的請求，於是每到黃昏的時候星星都會回來男人的住所，並將他一天的所見所聞告訴男人。男人因為長年的身體虛弱，因此無法離開他的居所，因此對於星星每天在外面的所見所聞都感到萬分期待。

就這樣一天接著一天，星星每天都會來到男人居住的廢墟，在那和男人同床共寢，分享一天的見聞後隔天又再次出外探索。這樣的日子過了一年，某天星星回來的時候，男人鬱悶的靠牆躺著，眼神失落的望著窗戶。

星星看到男人的表情感到有些驚訝，這是他以前從未看見的。但他很快便冷靜下來，不慌不忙的坐到了男人身旁。

「怎麼了？要我跟你說說今天的故事嗎？」

星星關切地向男人問著。但男人只是搖了搖頭，對著星星回應到：

「你還是離開吧，不用再陪著我了。今天我嘗試著跟你一樣撿柴、點火，也試著把你說的故事寫進本子裡，但不管怎麼做，我都沒有一樣是做得好的。你還有你的旅途吧？還是不要浪費時間在我這種人身上，繼續踏上旅行吧。」

男人自暴自棄的說著，因為一直以來的挫折，令他此時已經心灰意冷。而看著他失落的模樣，星星便湊上前去，溫柔但卻堅定的說：

「才不是浪費時間呢，我活得可比你久多了。在我永恆的生命之中，這只是我旅途的一站。」
說完之後，星星便將過往的回憶說給了男人聽。包括他是如何的眷戀大地，是如何的愛他的朋友們，又是如何的與他們和一座座城市分別。
聽著星星的故事，男人終於下定決心，要跟星星一起離開廢墟。在隔天清晨的時候，他們兩個離開了男人居住的廢墟，開始了他們的旅行。在旅行途中，星星將過去朋友們所教導他的技術全都教給了男人，給了男人獨立自主的能力。而男人則將星星的過往寫成故事，將故事散播在大地各處。兩個人就這樣互相陪伴、共同旅行，儘管和其他的朋友們相比男人普通了許多，但星星對他的情感卻遠超過其他的人。
在這樣兩個人的旅行中，星星和男人締結了比其他朋友更高的情感，令他在歷經幾億年的歲月之後依然能清晰的記得男人的面容、故事、個性以及聲音。這樣快樂的日子非常的溫暖，令星星幾乎忘了他們的壽命並不相同，並認為這樣的日子可以持續到永遠。就這樣過了許多年，某日星星醒來的時候，年老的男人已經僅餘一口氣。星星知道，時候已經到了。

「看來，我也將要離開你了……」

男人哽咽著，對星星說到。儘管已經看過了千百萬次，但星星感覺得到，這一次將是他最不捨的一次。銀色的眼淚從他的眼角滑落，但他卻努力地露出笑容，對男人安慰到：

「沒關係的，我會永遠記得你的。在這麼多的人類之中，你是我印象最深，也是我最喜歡的一個。就算過了幾億年，哪怕這個世界終結了，我也會在時間的盡頭記得你的一切。」

「這樣嗎……那麼我想，我們應該會重逢吧。既然你有永恆的生命，只要我能永遠被你記得，那麼我想我應該也能跟著你一起，存在下去吧……」

男人微笑的說著，闔上雙眼嚥下了最後一口氣，就這樣安然的在星星的懷中死去。儘管這次男人的離去，遠比其他人的離去更讓星星心痛。然而這次他沒有哭，而是感慨的抱著男人，望向清晨說到：

「再見了，現在又只剩我一個人了啊。」

在埋葬完了男人後，星星又再一次的開始旅行。

在這之後的千百年後，他在大地各處漫步著，有時是在野外過夜，有時則是在城市裡過夜。每到一個地方，星星便會與人類生活一段時間，但他從來都沒有忘記和男人的那段日子。

就這樣過了許多年，星星再一次的回到了那片海岸，他旅途的起點。曾經的小鎮已經不復存在，唯有這片沙灘，唯有這輪落日，唯有這片大海，是他的旅途中從未改變過的事物。

「終於，我又回到這裡了。和一開始一樣，這裡什麼都沒變呢。」

星星莞爾一笑，感慨的說著。而在他的身後，一名拿著書冊的少年正和其他的男孩打鬧成一片，開心的嬉笑著。看著他們打鬧的模樣，星星感慨地笑著，靜靜的望著他們玩耍嬉戲。一定會再見的，星星這樣想著，就這樣坐在海邊，回憶著這些年的種種進入了夢鄉。

黑砂與寶石

曾經，在漆黑的海岸邊上，有過一座古老的城市。這座城市曾經繁榮一時，知識的圖書館高高地聳立，多產的田地和富有的黃金遍地都是，歷史的銘文永恆的雕刻在城市的牆上，記錄著過往的種種。人民努力的向前，虔誠的皈依著他們的信仰，盡責的聽命著政府的指揮，各司其職、生兒育女、恪守軍規。

儘管歷史刻寫在牆面上，但隨著時光的推演，人們忘記了他們追逐這一切的原因，日復一日的過著朝拜和工作的日子。知識的塔樓逐漸變得擁擠而破敗，土地因過度的開墾而變得貧瘠。財富積攢無數卻無從消費，無限的生兒育女導致了國庫的虧空，造就了富人與貧民共同挨餓。在一年的冬天裡，每日苦苦勞作的人民逐漸染上了疾病，他們痛苦的站在崗位上，直到病死。塔樓的學者們翻遍了所有紀錄，卻沒有一種醫術得以治療這種頑疾。在國家動盪的這時，政府與宗教又因理念衝突互相攻擊，軍隊分崩離析、招兵買馬，又在一次次的戰爭和苦練中耗盡國力、死傷慘重。

在沒有星星的夜空中，所有的子民都望向歷史的舊牆，眼神空洞沒有夢想。學者失去了對知識的慾望，只因他們並非為求知而學習這些知識。富人拋下了華袍與財富，只因他們的財富並非源自於財欲，而是社會所期待的。在人民仰望天際之時，虛無的黑海淹沒了國家，沖倒了知識的塔樓、多產的農田、歷史的高牆、滿城的財寶、忠烈的軍隊、虔誠的信仰和高貴的政治，以及整個國家的人民，徒留和水一樣漆黑的沙灘和空無的天空。

在大水過後黑色的沙灘上一無所有，一切彷彿未曾存在過一樣，僅有一塊色彩鮮豔的石頭躺在沙灘上，在月光的照耀下閃爍著。那枚石頭是美麗的，曾經陪伴帝國度過快樂的歲月，但卻逐漸被人們遺忘，深鎖在寶庫深處，直到大水沖毀王城，才久違的重見天日。

在石頭躺臥的沙灘上，一名少年緩步走過，拾起了那枚寶石，看向了滿天星斗。或許是因為他價值連城，少年才將其拾起。又或者是因為好奇那究竟是什麼，少年才會將其拿起。也有可能是因為這塊寶石曾是畫作的一部分，因此他才將他拾起。但不管為何而拿，少年都為寶石的美所愉悅，緩步地踏在星辰與月光之下，看著黎明從海面升起。

旅人與王子

很久很久以前，在某個遙遠的國度有著一位皮膚蒼白，且個性內向的盲眼王子。因為長年的經商與貿易，王子的國家富足而繁榮，下至平民百姓、上至王公貴族，所有人都過著衣食無憂的生活。子女繼承父母的財產生活，而人民依賴著國家的財庫為生，生活過得單調而安穩。所有人民都依靠著國家的糧倉過活，每個人都知足而幸福的生活在這個國家裡。別說是對露宿街頭和孤苦伶仃的擔憂了，就連夢想與成就的慾望都因國家的物資豐沛而被人們遺忘了，日子過得愜意又自在。

儘管國家的民生非常的富足，但作為下一任接班人的王子卻並未感到舒適，反倒因為生活太過安逸，因而只把活著當作唯一的目標。其實很久以前王子也曾有過夢想，他也曾渴望著努力以及成就，但是如今的他已經對這一切不抱期望。會這樣的原因還要談到王子的父母，他們是這個國家的王族。由於王子天生便無法與他人交談，因此他的父母對他的處境格外擔憂。對於這位孤獨的王子，他們也因此激動的希望著他能獨立。或許是因為太過擔憂了，因此在他們努力的過程中，誤將各種壓力施加在王子身上。因為雙親的否定以及生活的安逸，還有每次追逐理想失敗所感到的挫折，王子漸漸變得沒有目標。只能每天待在王宮裡不肯外出，只是望著天空中的老鷹與信鴿，夢想著飛往天空的同時，將只要能活下去就好當作生活的唯一目標。在王子消沉的這段期間，日子就這樣一天天的過去。

直到有一天，王子在庭院裡遊玩的時候。一名打扮怪異的旅人不小心誤闖了花園，就這樣和這位王子見了面。因為是第一次見到外人，王子對旅人感到意外的同時卻也有些好奇，而旅人注意到自己誤闖了對方的庭院，於是便先一步向王子低頭道歉。

「對不起，我不小心來到了你的花園。」

「不用說對不起，你能來這我很開心。」

「能聽到你這麼說我很愉快。我是一名來自遠方的旅者，請你多多指教。」

旅人客氣的向王子回應。和他冷靜的態度相比，王子很訝異旅者居然能聽懂他所說的話。一問才知道，旅者出生的時候也有跟王子一樣的情形，無法與其他的人正常交流。在一陣寒暄之後，王子便邀請旅人每天的黃昏與午夜，都能來到他的花園中與他相會。或許是厭倦了孤身一人，抑或著終於找到能與之對話的人而感到喜悅。旅者微笑著答應了王子的邀請，於是每天的黃昏與午夜他都如期而至，隔著灌木叢和圍牆與王子交談。談話的過程中旅人講述了自己的過去，他的故鄉曾遭到毒龍的火焰燒灼，因此自幼起他便懂得了何謂憎恨。但在過去的時候，他也曾擁有過快樂，因此他自始至終都沒忘掉何謂美麗。

「在這混亂與痛苦的世界中，對我而言美麗的事物依然是足以治癒人心的熱愛。所以我的目標是抵達美麗之物所在的星星之海，並在地上替自己積攢財富，在快樂與熱愛中過上一個被世人讚譽的人生。」

旅人驕傲的向王子說到，這之中或許透露著自傲之情，但更多的是能向他人傾訴渴望與嚮往的喜悅。這些話在王子的耳中是那麼的動聽，卻又是那麼的令人擔憂。萬一旅者在旅途中遭遇了什麼，丟失了這份驕傲與熱愛該怎麼辦？若是旅者不能再往上爬該怎麼辦？因為過去有過的挫折與痛苦，王子這樣替旅者擔心著。而旅者的內心也很清楚，他的目標過於高傲和閃耀，每當他停下片刻他便擔心會不會無法完成目標。因此為了在完成目標之前，旅者不停的往返於各個鄉鎮做著生意，希望終有一天能夠達成他那個備受世人讚嘆的，既美麗又輝煌的遠大目標。然而他的決心在王子的眼中，每一次都像在刀鋒之上的漫步。只要走錯那怕一小步便會流血受傷，當血從身體中流盡時便是旅者生命的終結，這令王子感到十分的恐懼與不安，甚至讓他開始擔心起旅者會不會有一天陷入絕望之中。

於是在某個午夜的會面時，王子對旅者如此說：

「能不能請你別再往高聳的星空伸展雙臂了？再繼續這樣下去，我擔心你會從天空摔落。」

王子的這番話在旅人耳裡格外刺耳，平時溫婉的微笑此刻也被沉默給蓋了過去。旅者自己的心裡也很清楚，自己的目標過於高遠而偉大，只要稍不留神便會錯過良機。但日復一日的努力與旁人的肯定始終讓他堅信，自己所行的道路每天都有前進一步。被王子這樣否定的當下，旅者心中升起了一種難以言喻的不悅。或許是他的驕傲受了傷，也或許是因為傷了他的人是王子，因此旅者沉默了許久後，語帶不悅的回應著：

「我都還沒爬上高山，你又為何認為我會跌落谷底？我每天奔走於鄉鎮和國都之間，都在為了我的目標而努力，你為什麼要說出這麼殘酷的話？你知道被人否定的感覺嗎？那種感覺真的很不好受。」

儘管沒有大發雷霆，但旅人的自尊心已經受傷了，甚至可以說非常痛苦。但王子並不是不知道這樣的感覺，這種感覺正是他每天都在經歷的，每天都在聽到其他人對他所說的。正是這些否定的話語令他格外的擔憂旅者的安危，但也正是因為這些話語，他在不知不覺間將旅者割傷。看到旅者悲憤的樣子，王子低下了頭，難過的說到：

「對不起，我只是很擔心你會不會從天空中殞落。我看過了太多人因為失望而殞落，太多人帶著高遠的渴望飛向天空，但最後卻又因為期望落空而從天空墜落，在地面摔個半死。所以我很擔心在你伸出雙手的那天，你也會因為失望而從天空墜落，到時候……」

「你覺得我會摔死嗎？」

旅人不快的向王子問著。此刻旅人的心中既有被弄傷的自尊，也有對王子言語的憤怒在。見到旅人憤怒的樣子，王子也就不再多說什麼，那晚的談話就這樣在不愉快的氛圍中結束。而到了隔天的黃昏時，旅人又按照約定來到了庭院中。或許是不想要失去這位朋友，抑或著是不希望不明不白的結束，旅者是懷著把事情都講開的期許前來庭院的。在王子從宮殿中走出後，旅者便開門見山地說出了自己的心聲。

「昨天的事真的很抱歉，但你那樣說真的傷到了我。我當然清楚要得到所有人的肯定是件困難的事，也難免會有人在我背後說嘲諷著我的莽撞。但跟這些相比，被自己的朋友當著面否定了自己的夢想，否定一路以來的成長這件事，才是最讓我感到難過。你從來沒有看過我做過的努力，也從來沒有看過我做出來的成果，卻以一句替我擔憂否定了一切我做這些事情的價值。這比任何隱藏在我無法見到的地方傳來的嘲諷更讓我感到痛心，何況這是出自我唯一的朋友口中，更是令我感到內心一陣絞痛。」

旅者毫無保留的說著，盡可能的壓抑住內心快要滿溢出來的恐懼與孤獨，將自己的不悅和委屈盡數向王子坦白。知道了旅者內心感到的痛苦，王子也開始感到了愧疚與悲傷。因為一直以來遭遇的否定，令他恐懼著向外探索，因為一直以來的挫折令他失去了對自己的自信。因為長久挫折與否定，他也無法對旅人抱有過大的信心，擔心他也會和所有抱著願望飛上天的人們一樣摔個粉碎，擔心他跨出那一步後將跌入谷底。儘管他對旅人的夢想還是有那麼點肯定，但他卻無法從挫折與否定中看到自己，無法從挫折與否定中找到拒絕現狀的契機。王子知道旅者此時的心情非常糟，出於對朋友的擔憂與歉疚，他語帶歉意的向旅人回到：

「對不起，讓你不悅是我的不對。但我就是害怕你向著星星邁開腳步，最後卻因失足而跌下深淵。既然會跌下深淵，那麼一開始就在地面上活著不就好了？只要在地面上活著，那麼即便不用抵達星辰，也能在地球的表面上遙望天際。只要雙腳不離開大地便不會墜落，這樣一來便不會沉入深淵，依然能在地球上望著漫天星斗。」

「為什麼你會那樣想呢？」

旅人向王子問著，受傷的自傲逐漸轉變為困惑。在旅者的印象中，王子一向是向他敞開胸懷，並抱持著積極且樂觀想法的人。他無法想像在王子的內心，居然會有如此的恐懼與不安，令他感到十分疑惑，甚至擔憂。

「以前到現在，我看過了太多人因為追求著更高的夢想，所以冒險登山。但除了其中的幾個人以外，他們無一例外的跌下了山，在這之後便音訊全無。我也曾試過像他們一樣收拾行囊，但每次我的計畫都無法如期執行，每次的計畫都會以失敗告終。所以我便想說只要活著便可以了，反正國家的財庫保障著生存。既然我無法登上星空，那就在大地上度過平凡的一生，只要不死就沒問題了。」

王子態度消沉的說著。旅者聽完後心情變得很複雜，此刻他既有安慰王子的想法，卻也有想要大聲否定王子念頭的想法，又有將王子拉出宮殿的想法。但這次旅人學乖了，他並未對王子大聲咆嘯，而是將所有情緒收了起來，認真且嚴肅的對王子說到：

「並不只要活著就好了。以前在我國家毀滅之前，我也曾跟你一樣想過，只要依靠我父王和母后積攢的財富，我便能過上一個高枕無憂的餘生。然而與你不同的是，在當時我的內在一直有個念頭斥責著我，警告我未來將要到來的孤單與淒涼。那個念頭命令我要以星空作為目標，不能沉淪於單純的生活保障，而要渴望著錢財、成就以及快樂。在巨龍燒毀我故鄉的那天，這個想法促使了我離開家園，不知道向著何處的向前邁進。一開始我也過得很迷茫，只是朝著有光的地方前進，為了活命而與人以物易物，日子就這樣迷迷糊糊地在虛度中度過。那時的我和你一樣，只想著要活下去，但也因此生活過得非常乏味。直到有天在旅途中，我看到了幾顆星星從天空中降臨了這個世界，我才有了向前邁進的動力。那些星星長得十分美麗，身上的光芒就如幾千顆太陽那般耀眼。

看著他們的時候，我的內心除了對美的讚嘆之外，更有追逐著他們的足跡登上星空的夢想。因此我便開始積攢錢財，希望能在我抵達星海之前供我生活，儘管現在我依然以故鄉的殘骸作為居所，但總有一天我的宅邸將坐落在星辰之間。」

旅人向王子驕傲的說著，隨後將視線望向了王子。

「即便今日還無法登上最高的山也無妨，先嘗試攀登山丘看看吧。先把全國的山丘都爬完，然後再去爬小山，最後再跟我一起登臨星海。我們都還很年輕，有什麼想做的最好現在開始，不然將來老了也將停滯不前。之後有什麼痛苦和挫折都來跟我說，我會盡可能的承接你的情緒，如果有興趣的話晚上便一起離開吧。」

旅人向王子說著，留下這句話後便離開了庭院。聽完旅人的話之後，王子開始回想自己這一生的夢想，開始回想自己一直以來付出的努力。儘管有過各種的挫折，但旅人向他描繪的那副光景卻在他的心中越發具體。同時他也想到旅人所說的孤身一人的淒涼場景，並且向自己詢問起他是否願意接受這樣孤獨而淒涼，一成不變的在原地踏步直到結束。在得到了否定的答案之後，王子便下定了決心，今晚要跟旅人一起離開宮殿在外旅行。於是在午夜旅人又來的時候，王子收拾了行李從宮殿中走出，隨著旅人一起向著城牆外跑去。儘管這趟旅行充滿了未知的可能，但是此刻王子深信，只要自己繼續的向前邁進，那麼終有一日他的旅途將會抵達星星之海。

孤獨的憤怒野獸

很久很久以前，在某片森林裡。一隻來自星星的野獸撕裂了夜晚的天空，從虛空之中降臨了整個世界。野獸的性格十分兇殘，牙齒鋒利而飢渴難耐，爪子尖利的可以撕裂山河，身披火焰且頭生鹿角。最要命的是野獸的心臟燃燒著一團火，永不止息的憤怒與瘋狂在那之中燒灼著，令他無止盡的躁動著。

在那個時代裡，野獸的性格高傲又狂妄，喜愛美感的同時又沉溺快感，不喜歡被任何事物壓抑情緒。每當見到不順心的事物，見到醜陋的事物，野獸便會用他的憤怒將之摧毀，見到令他反感的動物也會以利牙撕咬直到對方沒有動靜。在野獸瘋狂的屠戮之下，整個森林變得滿目瘡痍，而野獸卻依然沉溺在破壞與尋仇的爽快中，沒有察覺異樣。

直到有一天，野獸不小心咬傷了自己的牙齒，他才在疼痛中回過神，看見化成灰燼的山林。野獸悲哀的走在斷壁殘垣之間，看著燒焦的樹木嘆息到：

「原來我的利牙只會造成破壞，將原本美麗的東西毀滅殆盡，跟那些令我生厭的東西一樣。這真的太醜陋了……」

自那之後，野獸下定決心不再破壞。他收起了自己的利牙和爪子，將火焰吞回了肚子裡面，並將頭上的角磨得圓滑，開始在森林的殘骸間流浪。在他流浪的期間，他遇到了一位少年，和他同樣來自於繁星之間。因為來自相同的地方，他與少年並肩而行，有了在地球上的第一個朋友。在他們旅行的期間，野獸找到了一朵嬌小的花朵，花瓣細嫩而鮮豔，又有著寶石與星辰般的顏色。

在這朵花的輪廓中，野獸看到了美。為了保留這種美麗，野獸在他們停留的山谷之間種起了花，他將各種花朵的種子灑落在泥土與河川之中，靜靜的觀察他們的成長，從他們的成長中得到樂趣。在野獸辛勤的耕作之下，山谷漸漸的變成了一片美麗的花園，充滿綠意以及芳華。

但是就在某天，野獸在花園散步的時候，來自兩個王國的軍隊在花園裡碰面，並為山谷與附近居民的所有權展開爭執。兩方軍隊的爭執越演越烈，最終爆發成了戰爭。兩國的軍隊不斷在對方的領地上燒殺，將山谷周遭的土地變得滿目瘡痍，甚至將戰火波及到了野獸與少年所在的花園。看著人類與動物的悲鳴，以及花園遭到破壞的憤怒，野獸忍無可忍的張開了他的利牙與爪子，身披火焰的向兩個國家的王族展露獠牙。在難以遏制的怒火中，兩個國家的一切都變成了荒土，曾經繁榮的森林與山谷也變得生靈塗炭。

見到這一切的野獸後悔了，自責的坐在地上，仰望著天空含淚問到：「為什麼，我又這樣了？不是說好了不再動怒嗎？」。

野獸哀傷的癱坐在地。而在這時少年走了過來，手裡拿著那株最初，野獸種下的花朵向他安慰到。

「沒關係的，並不是所有的花都燒沒了。只要你願意的話，隨時可以再種一次，但他們永遠不會是上一朵花，所以這次得更珍惜。」

聽完少年的話，野獸擦乾了眼淚，重新振作起來。在他和少年好幾年的努力之下，山谷又再一次的變成了一座花園。而野獸也再次能夠抑制內在的暴力，在花朵與少年的陪伴中找到幸福，快樂的生活在山谷間。

想成為星星的石頭

這是一顆小石頭擁有的，最微小的，也是最偉大的願望。和所有的石頭一樣，小石頭是從地核內誕生的，順著地下的泉水來到河底，在河底靜靜地望著天空。在所有石頭都在躺著的時候，小石頭都將目光看向天空，看著雲朵順著微風吹拂移動，看著黎明替天空染上一片銀白，看著夕陽將天空點上火焰和彩暈，看著入夜時月亮與星星從地平線升起，在無邊的黑暗中點燃小小的光明。小石頭就這樣默默的看著，將所有的時間都用在觀看天空的一切，為天空中的美景所著迷。他嚮往著入夜時美麗而神秘的星星，嚮往著在月亮之後無垠的深空，為那沉澱的美感深深著迷，希望終有一天能夠前往那裡，成為星星的一員。

周圍的石頭都認為他瘋了，對他的夢想置若罔聞。但小石頭沒有放棄，他依然渴望著前往天空成為星星。在閒暇的時間裡面，他不再僅僅只是躺在河底，而是在水底沉積的碎沙中打磨自己，將自己打磨得更為閃亮，希望看上去和星星更為相像。在河水與歲月的打磨下，小石頭的表面漸漸變得光滑，石英質的內核也逐漸變得肉眼可見，宛若寶石一般的閃亮剔透。但即便經過了漫長時間的打磨，小石頭和星星的模樣還是相去甚遠，閃耀的光芒依然不足於繁星那樣燦爛的光線分毫。小石頭看了看自己的模樣，再看了看天上的星星失望的嘆了口氣。或許我永遠也無法成為星星吧，小石頭心裡想著，挫折的躺在河底。

儘管遭受了很大的挫折，但小石頭依然渴望向著星星存在的太空前進。在某日於河床下打磨自己的時候，周遭岩石的閒聊吸引了他的注意。那是靠著河岸的兩塊巨石，一塊是深邃的黑色，另一塊是常見的灰色，他們靠在河岸的兩側，一如既往的跟彼此交談趣聞。

黑色的石頭說：

「你聽說了嗎？幾年前有塊石頭沿著水流的沖刷，被沖到了大海裡面。當他回來的時候，他的稜角和孔洞全被磨得光滑，質地也從原先的朦朧霧面變成了如玻璃般的剔透。」

黑色的大石頭說著，灰色的大石頭驚訝的回應著：

「變得剔透閃耀？只要去到大海就可以了嗎？」

「是的，那塊石頭是這樣跟我說的。大海的水流比河川的水流更為強勁，只要在那待得夠久，那就算是像我們一樣的大石頭也遲早會被磨的如大理石般明亮。如果打磨得夠久的話，大概會像星星一樣耀眼吧。」

大石頭如此說著。小石頭聽完後感到了一絲希望，於是他下定了決心要前往大海。順著水流的方向，小石頭漂流了好幾個月，沿著前往大海的道路上不停的和沿岸的砂子和岩石碰撞，繼續將自己打磨得更加耀眼。就這樣過去了好幾年，某天他感覺到前方的水流變得更加快速，水底也漸漸能看到海中貝殼的碎片。就這樣經過了好幾年的努力，他終於來到了海邊。看到期待已久的大海，小石頭在緊張和害怕之餘，更多的是震撼以及振奮。和以前所在的河道不同，海洋就像那片入夜的深邃天空一樣，放眼望去看不到盡頭，只有像藍寶石般無盡延伸的湛藍和波光。而且和傳聞中的一樣，海洋比河川更為寬敞的同時，他的水流也更加強勁。

小石頭抵達了大海之後，他便興奮難耐的從河床向著海洋滾去，在一塊礁石上待了下來。強勁的波濤猛烈的拍打在他的身上，將他和周遭的貝殼與細沙不停的打磨著，漸漸的磨掉了他的稜角和表面粗糙的紋路。就這樣又過了好幾年，小石頭此時已經光滑的像是玻璃製成的彈珠一樣，身體已經透明的好似打磨完之後的鑽石一樣剔透。然而即便已經變得和寶石一模一樣，小石頭的光還是不及天上的星辰分毫。這讓小石頭再次感覺到了挫折，這次的旅行雖然讓他變得比以往更加剔透，但到現在他的光芒依然無法照亮周遭的黑暗，依然無法與天上耀眼的星辰相互匹配。小石頭失望的癱在了礁石上，而在這時一陣大浪向他打了過來，將他整個都翻進了深海中。在深不見底的大海之中，小石頭望著如同寶石般湛藍，但卻比河川更加幽暗的海洋，難過的發出了嘆息。如今沉入深海的他，別說是成為星星了，現在就連看到星星都很困難。

或許我永遠也不可能成為星星了，小石頭難過的想著。而就在他難過的時候，一顆閃耀著明亮光芒的珠子滾到了他的身邊，向他搭話。

「像妳這麼漂亮的石頭，為什麼會來到這裡呢？」

珠子向小石頭問。小石頭被珠子的聲音吸引了注意，客氣地向珠子打了聲招呼，然後回應到：

「我以前不是生活在這裡的，我是為了成為星星所以才來的，但現在好像是白跑了一趟。那麼你是誰呢？像你這麼漂亮的小石頭，怎麼會在這麼幽深的海中呢？」

「我才不是石頭，我現在是珍珠。以前我也跟你一樣是一顆小小的石頭，後來我在蚌殼呼吸的時候被他吸進了殼裡面，就這樣被他包裹起來變成了珍珠。」

「這樣嗎？能像你一樣面得這麼美麗，一定是件很快樂的事吧？」

「我才不覺得快樂呢。蚌殼之所以把我包裹起來，是因為我的稜角弄痛了他。為了能把我吐出去，蚌殼才分泌了體液將我包起來，變成了現在的模樣。倒是你，為什麼你會想要成為星星呢？」

珍珠向小石頭問著。小石頭沉默了一下，然後便向珍珠回應到：

「我就是想啊。以前在河底的時候，其他的石頭都每天只知道躺在河床上，每天過得無聊的要死。但是星星就不一樣了，他們看上去是如此的美麗，如此的神秘而高貴。據說我們的世界便是他們創造的作品，最終也有一天我們的世界會回歸到星星的火焰中。能在無邊的虛空之中創造世界，聆聽著宇宙的歌聲而起舞，這是件多麼美麗的事情？我就是想要那樣，所以來到了大海，希望海浪能夠把我打磨的和星星一樣美麗。但直到最後我都還是無法成為星星，現在我已經不知道該怎麼樣了……」

小石頭難過的說著，悲傷的把自己埋進沙裡。珍珠聽到了後先是沉默了下，然後便滾到了小石頭的身旁，對小石頭小聲的說著：

「你知道嗎？最起碼你還有一個夢想，而不是像其他的石頭一樣只知道躺在沙土之中度過一生。就像我剛剛說的，我並不是為了成為珍珠才被蚌殼吞下，倒是成為了珍珠之後只會成天對自己的命運感到悲悽。相比於這樣的結局，有個沒有實現的夢想倒是好了很多，至少你曾努力過並為此感到驕傲。既然你沒辦法回去的話，要不要跟我待一陣子？跟我聊聊你以前的事呢？」

珍珠向小石頭提議到。儘管還是心中感到不甘，但在這深海中孤身一人也挺令人難過，因此小石頭便同意了珍珠的邀請。在很長的一段時間裡，小石頭暫時放下了成為星星的目標，將生活的心力著重在和珍珠的相處上。小石頭向珍珠傾訴了他這段時間的旅途，告訴了珍珠夕陽色彩斑斕的彩霞，告訴了珍珠晴天時的蔚藍、黎明時的純白以及入夜後的漆黑星河。聽著小石頭說的故事，珍珠總是著迷又疑惑，因為他從未見過夕陽或黎明，也沒見過白晝以及黑夜。但聽著小石頭說這些故事的時候，珍珠都會對他那段曲折但又平淡的生活感到嚮往，並替他無法繼續下去的旅途感到惋惜。

之後歲月流逝，小石頭跟珍珠在海床上一起生活了許久。有了珍珠的陪伴之後，小石頭不像以前那樣的孤獨，並有了的一個真正意義上的朋友。但他還是時不時的會去想念那段仰望天空的日子，想念夕陽和黎明、想念晴空和雨天，也想念著高掛夜空的漫天星斗。小石頭的願望被珍珠看了出來，於是在某個漲潮的日子，珍珠向小石頭提議趁著漲潮時的水流到淺灘去。因為想念著天空和星空的景色，小石頭同意了珍珠的計畫。於是在那個滿月升起的漲潮的夜晚，小石頭和珍珠趁著海浪向著陸的拍打的時刻搭上了海流，向著礁石漂了過去。為了不在湍急的水流中被沖散，小石頭緊緊的貼著珍珠，跟著對方一起朝著淺灘的方向流去。那是個暴雨交加的夜晚，眾多的漂流木和海藻在潮流中胡亂的飛舞拍打著，將撞到的石頭和沙子沖散後再撞回海中。為了閃避亂漂的漂流木和海藻，小石頭和珍珠始終緊貼著彼此，向著淺灘的方向游去。當他們抵達了淺灘的礁石後，小石頭毫髮無傷的回到了岸上，而珍珠則因為海中貝殼與珊瑚等碎片的衝撞而留下了許多刮痕，傷痕累累的和小石頭一起躺在岸邊，看著暴雨後雨過天晴的天空和漫天星辰。

「這些閃耀的光點，就是所謂的星星嗎？」

珍珠向小石頭問著，小石頭回答道：

「是的，他們就是星星。」

「和你說的一樣，他們真的好美。」

珍珠如此的讚嘆著，靠在小石頭一旁看著滿天的星河。這時珍珠向小石頭問到：

「我問你。假如有天你真的成為了星星，之後你要做什麼？」

「這個問題我還真沒想過。可能就是在久遠的歲月中創造世界，然後默默的看著裡面的一切周而復始吧。」

小石頭向珍珠回應到。珍珠沉默了許久後，再次向小石頭問到：

「那麼如果有天，你真的能夠變成星星。你還會記得你還是顆小石頭的時候，有顆珍珠在海床上遇到了你，還會記得我跟你的時光嗎？」

珍珠憂愁的問著，小石頭沉默了一下。因為以前從未有過朋友，因此小石頭也沒有想過這個問題。但在海床上度過的那段時間，他和珍珠成為了真正的朋友。因此苦思許久後，小石頭向珍珠回應說：

「我不想要忘記你，就算變成了星星也不想。我希望在我變成的星星周圍，能有一顆有你存在的星球，一個存在著你的世界。」

小石頭這樣對珍珠說著，將身子往珍珠的方向挪了挪，確保他兩能夠離彼此夠近。聽到他的回覆珍珠笑了一下，輕聲的對他說了句話，然後便是一段安寧的沉默。在這陣安寧之中，小石頭聽到了一陣宛若山石碎裂的聲音輕輕地響起。珍珠的外殼裂開了，但裡面的小石子已經碎了，成了一粒破碎的海沙。小石頭難過的將身子湊近了珍珠的碎片，將他和自己埋進了淺灘的砂礫之間，確保他們能不分開的一起望著日出與日落，望著漫天星斗和滿月。

『如果有機會的話，你一定要成為星星喔。即便會忘了我，你也一定要在星星之間找到你的朋友，將我這枚珍珠給你的愛延續下去。』

珍珠最後說過的話小石頭不會忘記，他會默默的在歲月中記得這些，繼續在淺灘上望著星辰。就這樣又過去了數十年，有天入夜的時候，天空中的一顆星星對小石頭說了話。

「為什麼過了這麼多年，你還在眺望著我們呢？」

星星向小石頭問著。聽到星星的聲音小石頭先是感到有些驚訝，但很快便回應了他的提問：

「因為我想要成為星星。這是我一直以來的夢想，也是我對一枚珍珠的承諾。」

「你知道這個願望有多困難吧？自宇宙誕生以

來，我們便在虛空中靜靜的待著，在無盡的時間中創造與毀滅。我們都是宇宙的孩子，你僅僅是一塊小石頭，你確定能達成這個願望？」

星星向小石頭提問著。小石頭沒有退縮，繼續說到：

「我當然知道這個願望有多遙遠，但我就是想要成為星星。就算不能真的成為星星，我也希望我能一步步把自己磨亮，成為跟星星一樣閃耀的寶石。但在幾十年前我有了新的願望，那就是和那枚珍珠一起看著世界的一切，一起談天說地、一起閒聊和陪伴。在他碎裂以前我答應過了他，以後那怕會忘了他都要成為我夢想中的星辰，在星辰間延續他給過我的愛。」

小石頭向星星回應著。星星聽完了小石頭的話後沉思了一下，然後便感嘆的說了：

「是嗎？正好，我剛剛好也在找能跟我一起在星海之間閃耀的朋友。如果你願意的話，要不要跟我一起？」

「你的意思是，要幫助我成為星星嗎？」

「是的，但也不是。要成為星星的話你得依靠自己，我會做的只有把你帶離這個世界，帶到星星誕生的地方去，但能不能成為星星就要看你了。」

「我知道了。反正這麼多年都熬過來了，這次我也會把握機會的。」

小石頭向星星回應著。星星很滿意小石頭的話，於是便把他和珍珠的碎片從地球上拿起，向著星雲的深處拋去。在星雲的氣體之間，小石頭感受著宛若太陽般的高溫與壓力。但他並未對此感到痛苦，而是緊緊地靠著珍珠和海砂的碎片，將他們抱在懷中浸泡在滾燙的星火之中。在這之後的幾億年後，人們在天空中發現了一組奇特的雙星系統。其中一顆恆星較為古老，散發著夕陽般橘色的光輝。而與他共舞的那顆則散發著如鑽石般的銀光，在他的軌道上一顆不大的行星便圍繞著他公轉，在光線的照耀下透著美麗的珠白色，就好像一枚美麗的珍珠一樣。

沒有鏡子的王國

很久很久以前，有個歷史悠久的王國。王國的人民十分樸實，每個人都盡忠職守，按著本份過日子。但奇怪的是整個王國沒有任何一面鏡子，因為他的人民都習慣矇著眼睛度日，依靠聲音和觸覺來辨認行動。

王國裡唯一被允許視物的，是他們的國王。但如同他的子民一樣，國王從來沒有照過鏡子，甚至從來沒有離開過王座半步。每天由朝臣向他遞交報告，處理國事。君王的心非常純淨，他擔當著自己的職責，沒有對職責帶來的任何不便而抱怨，盡心盡力的履行王的義務。

直到有天，一名遠方來的使者前來晉見國王。使者的裝束不算奇特，只是他的臉上沒有戴眼罩，手中把玩著一片奇異的玻璃。

「你從何而來？何不矇上雙眼？」

王向使者詢問。但使者沉默了一下，隨即回道。

「我的故鄉是海外大地的王國。至於為何不矇上眼，只能說這並非我國習俗。」

「今日來此，可為何事？」

「親愛的王啊。從出生到現在，您有照過鏡子嗎？」

使者向王問到，王搖晃著腦袋，回問使者：

「鏡子？那是何物？」

「那是一種玻璃工藝品，用來倒映人影的用品。我的手中剛好有這樣一面鏡子，而且這還不是普通的鏡子，它能倒映出人們真正的模樣。」

「真正的模樣？」

「就是人的靈魂，陛下。您有離開過您的王座，在國內漫遊過嗎？有任何人讚美、貶損，或者平淡的評價您的容貌嗎？在這連一面鏡子都沒有的國家，您難道不會好奇，自己的模樣嗎？」

儘管有些恐懼，但使者的話激起了國王的好奇。得到授意後使者向前挪步，將鏡子舉高到王的面前。王仔細的望著鏡子，震驚的目睹了他鏡中的模樣。

與他曾幻想過的模樣截然不同，鏡子裡的並非一位平凡但卻受人尊敬的國王，鏡中的面孔是張滄桑且憔悴的臉龐。因積年累月的壓力導致頭髮發白、眼神迷離，眼袋已經深如皺摺，被一頂生鏽的鐵冠所壓著，沉重的映在鏡中。

儘管鏡中的面容如此憔悴，但最讓王感到恐懼的，還是他的王座。與他幻想中的王座不同，那是一座生鏽、破損，由腐木製成的王座。他的手腳也並非無法離開，而是被一道道生了鏽的鐵鍊栓在座椅上，由一雙腐朽的骷髏手任意操弄著。

更讓他驚駭的，是鏡中的自己身著殘破的黑色壽衣，皮膚慘白的猶如死人一般。在他的胸前有一道裂口，直通那仍在跳動，卻逐漸變得緩慢的灰色心臟。一條白色的毒蛇正趴在上面啃食，連傷口上生出的蛆都一同吞噬，然後吐出腐肉。

「這就是我？這就是我的模樣？」

王驚恐的質問使者。使者沒有慌張，只是收起鏡子，冷靜的回應著。

「正是如此陛下，這就是您的模樣。同時也是您國家的模樣。」

使者冷靜的說，但王卻無法很冷靜。王吃力的從王座上起身，趴在座後的窗戶向外看去。只見窗外的城市並非他聽說的那樣金碧輝煌，而是破敗不堪。在灼熱的太陽炙烤下，農民撒著早已被蟲啃壞無法發芽的種子，將種子埋進已經乾枯許久的田地中，將水倒出用以灌溉。破敗的街道上商人兜售著破碎的鍋碗瓢盆，卻因為商品都是一樣的而缺少買家，只能站在毒辣的太陽下一天後，帶著少少的幾枚硬幣回家。城裡的孩童也並未像王聽說的那樣愛玩，而是整日躺臥在建築物的陰影之下，聽著老人吹噓著那些從小聽到大的國家偉業，將挨餓的感覺往肚中吞後回到破敗的茅屋中睡覺。

「原來如此。這就是我，這就是我的國家……」

王失望地站在陽台上，放眼望著他的國家，以及外面一望無際的荒漠。是的，他們是這塊土地上最繁榮的國家。因為他們是這塊土地上最後的國家，不會與遠海之外的國家接觸。那麼儘管沒有鏡子，沒有野心、沒有競爭、沒有快樂以及藝術，他們仍然是最繁榮的國家，不是嗎？

離別詩

對大部分的人來說，這是個風光明媚的下午。但對於男人來說，這是個令他感到悲傷的，代表著離別與失去的下午。

這天男人吃完午餐，便穿戴好了衣著，將要帶過去的東西裝進紙箱後踏出家門，發動車子後向著海邊駛去。路上男人看著窗邊的景色，回憶著他過往的種種記憶。

十四年前的夏天，那時他還只是個少年，快樂的把玩著布偶。如今布偶已經積滿灰塵，被他放在櫥櫃裡不再把玩。那時的他非常純真，但那段過往已經不復存在。

他也曾是個乖巧的學生，對老師的指導悉聽尊便，乖巧地在班級裡準備每一堂課。但在那些年過去的時候，他的班導換了一位嚴厲的老師。在幾經打罵與欺凌之後，他不再是那個乖巧的學生，在那之後經歷了數年的枯槁後，他才再次接觸書本。

而在枯槁之前，他也是個和班上同學友好相處的人，有著許許多多的朋友，以及當時認定的「最好的朋友」。可在幾年之後他們又音訊全無，和他失去了聯繫。即便是那最好的朋友也不例外，在轉學之後兩人便沒了聯繫。但最令他難以接受的是，這一切發生的如此自然，就好像自己根本不在意這件事一般，自然而然的斷了聯繫。

除此之外，在當時除了最好的朋友外，男人還有一位最重要的朋友。儘管他不是活的，但卻比任何人陪伴男人更久，經歷過更多的快樂與悲傷。今天男人過來，就是為了要緬懷他的。

一想到這，男人無奈的長嘆一口氣，眼中流下了哀傷的淚痕。當他抵達了那熟悉的海灘後，男人邁開沉重的步伐，向著遠處的老房子前進。曾經的男人聽過一個說法，所有的生命都是源自於海洋之中，因此海洋是一切生命的故鄉。若這是真的，那麼在這裡埋葬已然過去的美好或著故事，或許也算格外的具有詩意吧。

男人如此想著，來到了那棟他記憶中的老房子前。因為已經十年沒有住人，這棟房子已經破敗不堪，但不管怎麼說，這裡都是男人的老家。走進大門之後，男人穿過了懷舊但已然破敗的客廳，走進自己荒廢已久的老舊臥室，拉開落地窗後進到了面海的庭院中。因為長年沒有打理，庭院裡的雜草已經蓋過了整片花壇，放眼所及只剩幾顆植物，還能勉強被認出是當年種下的植物。

穿過了雜草叢生的庭院，男人在一棵高大，卻已然枯萎的樹前停下了腳步。這枯萎的樹木曾是他最重要的朋友，在他們搬家的前幾年不知是因為什麼原因，以極快的速度開始凋零，最終在搬家的那年完全凋謝了。今天男人過來，就是為了替他安葬的。

「對不起了，這幾年留你一個在這。」

男人悲傷的說著，撫摸著樹幹已然乾枯的表面。因著長年的風吹雨打，此時樹根已經破損，隨著男人輕輕的一碰便朝著庭院的圍欄倒在沙灘上。男人感嘆了一聲，在樹木原本扎根的地方挖開一個洞，將紙箱中裝著的，那些過去的紀念連同紙箱埋了進去。處理好了紙箱後，男人將一根枝條折了下來，從中選了一根樹枝當作墓碑，插在埋好的土堆上。隨後回到車上拿出繩子，綁在枯樹的樹幹上拖向海邊，當他將樹木安置在海岸上鬆開繩子，一陣大浪便打了過來，將他曾經最好的朋友帶回了海中，回到了生命最初的搖籃中。

「再見了。」

望著漸漸遠去的樹幹，男人在岸邊揮著手。而在他的身後，另一個男人緩緩走了過來，站在男人身旁，看著樹幹漸漸的被海浪帶離岸邊。

「感覺還好嗎？」

「還好，就是有點傷感。」

男人向他的朋友說著。離開了故鄉之後，在枯槁的那幾年內，男人偶然結識了另一位男人，成為了彼此的朋友。這次不像是以前最好的朋友那樣，只是相處起來很愉快，但在離開後卻一無所感。也不像他曾經最重要的朋友那樣，只是無聲無息地陪伴著，而是真真實實的在他身旁，作為他真正的朋友和他閒聊、過夜和嘻笑。

望著樹幹消失在地平線上。男人的朋友拉了拉他的手，隨手指了指一間新開的餐館。那是一間在男人離開老家後新開的餐館，男人一次也沒去嘗試過。

「要去吃飯嗎？我們各付各的。」

男人的朋友向他問道。男人莞爾一笑，點點頭回應了朋友的邀請。兩個人轉身離開了岸邊，帶著鋸下的枝幹和麻繩回到車上，然後便帶著背包下了車，走向了那間新開的餐館。

「對了，你想要怎麼處裡那根枝幹？」

男人的朋友向他問道。

「我還沒想好。可能會拿來做木雕，或著單純拿來當室內擺飾吧。」

男人笑著，回答了他真正的朋友。兩個人便在這樣歡快的交談中，向著餐館走了過去。

熄燈

在遙遠的某個世界。這個世界一片漆黑，他所在的星域沒有太陽，而月亮則黯淡無光。照亮世界的是遙遠銀河的璀璨星辰，除此之外便是散落在整個世界的零星火種。因為這個世界沒有太陽，因此儘管昏暗，但他大部分的居民都習慣了靠著火炬與星光來辨認方向，知道他們究竟該何去何從。然而也有些人他們雖非盲人，但卻無法依靠星辰這樣零星的光觀看世界。因此他們對這無盡的黑夜感到迷茫，更為所有徘徊在這個世界中的所有居民感到悲哀。

不知道究竟是哪個時代，統治大地最多火種的國家的王，端坐在皇宮之上，為行走在黑暗中的百姓們感到悲哀。即便他點燃了整個國家的燈火，但在這個國家之外的人民呢？其他的國家呢？他們能不能在黑暗之中注視這個世界？國王越想越擔心，越是擔心便越是憐憫那些行走在黑安之中的人。

這樣的不安持續了許久，某天國王想到了一個點子。他從王座上站了起來，看向了他的臣民們宣布到：

「聽好了！從此時此刻開始，我要蒐集世上所有的火種，將它們放置在最高的塔樓上照亮世界。讓不分國籍的所有人都能看到光芒，知道哪是他們應當回歸的地方，知道他們應該要何去何從。如此一來我們便不再需要微弱的星光，也不再需要恐懼火種的遺失，因為燈塔將會保證所有的光在這閃耀不止。而燈塔屹立不搖的此地，便是所有人類的歸宿。」

王這樣號令著。聽到他保證的願景，全國上下團結一心地將所有火種悉數奉上，並按照王的旨意開始建造燈塔。隨著火種悉數被送上燈塔，原本明亮的王國開始逐漸變得昏暗，但在燈塔的周圍光卻變得越來越明亮，因此人民更加相信當火種都集中在燈塔之中，那光將足以點亮整個世界的夜晚。

然而即便國家最後的火種進入燈塔，擁有全部火種的燈塔不光無法照亮整個世界，甚至不再如往常一樣的照耀整個國家。不僅如此，燈塔上過於強烈的光芒開始遮蓋了漫天群星，使得王國的邊陲漸漸變得一片漆黑。但縱使如此，燈塔依然毫無疑問的，成為整個世界最亮眼的東西。為此全國人民都相信著，只要將世上所有的火種都帶到燈塔上，那燈塔勢必能如當初保證的一樣，將整個世界的黑夜填滿。

為此國王於是下令，開始向其他的國家進軍，讓他們交出火種以便點亮黑夜。隨著這道命令傳下，全國上下為之轟動，帶著狂喜和榮耀感出征了。在一場又一場的戰爭中，他們收穫了一個又一個國家的火種，有的是在將國家盡數毀滅後奪走的，也有的是那些國家主動奉上的。隨著一場又一場的戰爭過去，燈塔上的火種不停增加，整個世界也逐漸開始相信，當所有火種被集中在燈塔之上時黑夜將不復存在。為此整個世界都開始拚死的蒐集每一滴火種，從篝火那樣浩大的火焰到蠟燭那樣微小的火苗，數以兆計的火種被從世界各地帶走。最後他們甚至冒險打開了大地的心臟，將星球內部永恆不滅的火焰掏出送上燈塔。

就這樣好幾百年過去了，所有的火種都已經被安置在燈塔之上。此時燈塔的光芒，已經是當時聚集整個國家所有火種時的好幾千倍，因為燈塔的光芒太過閃耀，當時整個世界已經沒有地方能看到星星。然而在燈塔的光芒之下，黑影卻並未被光撫觸而消退，反而開始悄然地蔓延開來。因為失去了大地原始的地火，遠離王城的地方已經開始變冷，黑暗中叢生的野草開始被冰霜取代，最終變成一片荒蕪。因為失去了能隨身攜帶的光源和漫天星斗，人們此時已經無法自由地前往任何地方，因為已經沒有任何光源能讓他們在黑夜中行走，只剩在遙遠之處閃耀的燈塔作為路標。然而即使是到了這個地步，燈塔的光都不足以照亮整個世界的天空，縱使王城的街道都已被滾燙的烈焰燒成玻璃，燈塔的光都不足以照耀整個世界。

「究竟是哪裡不足？」

看著遠處閃耀的燈塔，國王困惑地說著。此時宮廷因燈塔的照耀，已經成了世上最耀眼的地方之一，但王依然知道光無法照耀所有的地方，因此坐在王座上開始發愁。他此時依然苦惱著要如何將光帶到更遠的地方，要怎麼做才能讓燈塔的光像籠罩自己國家那樣，將整個世界籠罩在永恆的白晝之下。

就在王沉思的時候，一小塊火種從燈塔上落了下來，掉落在一名青年身上。隨著青年發出的淒厲慘叫，燈塔的火光迅速地在他身上爆發，就像是吸食了他的生命一般璀璨的迸發著。

「水！誰快去拿水過來！」

看到這幅景象，一旁的侍衛慌忙地命人取水。但就在這時王阻止了他，從王座上起身號令到：

「把那名青年運到燈塔上！將他丟進燈塔的火爐中！既然現在大地上已經沒了火種，那麼便將那些直到最後都不願配合交出火種的人們投入火中，讓他們的血肉被烈火燃燒、發光。這樣即便不增加新的火種，既有的火種也能變得更加明亮。」

「王啊，這個主意太瘋狂了。即便是為了世人的光明，您也不應為了千百萬人的希望，讓千百萬人去死。」

聽到王的號令，侍衛感到一陣恐慌，立即的向王勸阻到。然而王卻一聲令下，命人將侍衛丟到燈塔上，隨後便將剛才那恐怖的命令傳了下去。儘管人們無一不被這恐怖的命令驚嚇，但比起恐懼和求生的

慾望，他們更多的是對燈塔照耀世界光景的崇拜和期許。因此在燈塔的陰影中，當初不願交出火種的人們開始被人狩獵，就連包庇他們的人也逃不過這殘酷的命運，盡數被抓獲後送上燈塔的火爐中燃燒。

而如王所預料的一樣，每當一個生命被人扔進火堆，燈塔的光便亮了一成。為此人們更加的狂熱於狩獵罪人，甚至還將他人扣上罪人的名，將他們扔進火爐就為了燈塔的光能更亮些。而當所有拒絕繳交火種的人都被燒死後，燈塔的光芒還是不足以照亮整個世界，因此國王又將目標鎖定在各種的罪犯上，並將所有不論有無意義的道德都定義為罪。隨著越來越多無罪之人的死亡與尖叫，群眾的狂喜越發張狂，即便是那些持反對意見的也不敢再說什麼，只能眼睜睜的看著一個又一個無辜的生命被扔進火堆。

在這場殺戮持續了上千年後的某天。一名青年犯下一項荒唐的罪名，因此被人們抓住，送往燈塔準備處刑。對於這種指控，青年心中充滿不甘，並對這荒唐的願景感到憎恨。隨著他離燈塔越來越近，看到那滾燙沸騰的火爐時，求生的本能告訴他一定要逃走。於是青年抓緊了牢籠，用上了全身的力氣將其掰斷，不顧地上燃燒的玻璃和緊追在後的警察拼命地跑著。儘管他拼命地跑著，但被光罩世界的願景沖昏了頭的群眾和警察卻依然窮追不捨。

在這瘋狂的追逐中，最終青年被逼到了絕路。眼前所見的只有一片漆黑的懸崖，在其之下的是因光的離去而冰冷的海洋。見此情形，青年看了看懸崖下的深海，又回頭看了看身後的追逐者。已無退路的青年縱身一躍，懷著不願屈服的決心跳下懸崖，跳進了最深的海中。

隨著下墜的速度不停增快，青年認定自己必死無疑，深吸口氣後閉上眼睛，準備迎接黑暗與冰冷的擁抱。然而當青年落入水中之時，他卻並未如想像中的感到冰冷，反而帶著一種舒適的冰涼感。

「怎麼回事？握跳進了深海，按理來說我不是死了嗎？」

青年如此想著，困惑的睜開眼睛。只見在他身下的遠處，與燈塔金色的火光不同，一抹絢爛的藍色光芒在他的腳下閃爍著，像是一枚鑽石一般的耀眼。對此感到好奇的青年決定冒險，憋著氣向深海下潛。

隨著青年越潛越深，湛藍的光芒便越發耀眼。最終當他抵達光源處，映入眼簾的景象，令青年感到大感震撼。在青年的眼前，數以兆計的水晶在漆黑的深海中閃爍著，在深海中散發著冰色的藍光，將深海照耀的宛如白晝。看著眼前的情形，青年好奇的像水晶游去。隨著他越接近這些光源，周圍的水溫變越發的溫暖，當他摸到水晶的表面時，殘餘在手心間的冰冷便瞬間消散，給他的掌間帶來了些許的溫暖。

「這些水晶是什麼？」

「這些是星星的眼淚。在落入了海洋之後便凝聚在礁石上，變成了現在的模樣。」

一陣溫柔的聲音打破寂靜，青年趕緊回頭看去。只見在他的面前，一個閃爍的身影漂浮在他面前，與他同樣以好奇的目光看著他。從外表來看的話，對方應該也是個青年，外貌俊美且健壯，並在與人類相似的下巴上留著小鬍。只是他的皮膚是宛若珍珠般的白皙，被後生著如與羽翼般的透明鰭肢，和人類的外貌依然存在差異。

「你是誰？」

「我是光靈，是從星星的眼淚中誕生的精靈。這樣對話也挺困難的，我先讓你能在水中呼吸吧。」

光靈說著湊近了青年，輕輕地在他的嘴唇上親了一下。對他這突如其來的舉動青年一時之間大腦一片空白，然而在下一刻他發現自己的肺開始放鬆，視線也變得更加清晰，就好像他能呼吸了一樣。他嘗試著開口說話，聲音順暢地從他的口中發出，空氣也像在陸地上一樣的灌進了他的肺臟。

「你對我做了什麼？」

「只是幫你適應這裡的環境，除此之外沒什麼。」

光靈微笑著向青年說到。見已經可以自然對話，青年再也按耐不住好奇心，向光靈提出疑問。

「你說這些是星星的眼淚，請問這是真的嗎？」

「當然，這些毫無疑問是星星的眼淚。自從你們的王開始獨佔光明的時候，星星的眼淚便不停的從天而降，最終在海中變成了無數的水晶。」

「原來星星真的存在，我一直以為他們只是傳說。」

「那是因為燈塔的光遮蓋了他們。在燈塔的光罩之下，星星微弱但璀璨的光自然無法顯現，所以你們看到的只有燈塔的強光而已。」

光靈向青年說著。聽到光靈的話，青年環顧四周耀眼的光，不禁發出一聲嘆息。

「以前的世界應該很亮吧？現在卻因為燈塔的聳立變得黑暗，星星也只剩下眼淚可以給海洋帶來溫暖。」

「其實以前的世界並不明亮，但卻是溫暖的。你們的王霸佔了所有光的同時，他也奪走了整個世界的溫暖。因為大地的心臟已經被挖出，遙遠的大地已經變成了冰凍的荒原，但在此之前那曾是一片草原。他想為整個世界創造永恆的光，但他卻奪走了全世界的光與熱。承諾本身是真誠的，但在過去人們擁有著個自然光，儘管微弱但依然足以慰藉人心。」

「看來在黑暗之中，人們也不至於無法找到光芒。過去的我也相信過，燈塔總有一天能照耀全世界，直到我知道當光變得更亮些，就代表有一人為燈塔成為薪柴。若是能將光還給世界，讓星星重新照耀大地，那就好了……」

「人類的孩子啊，你們的王無權擔憂世人的光，你也一樣沒有資格這麼做。你應該關心的，是你想要怎麼樣的未來。」

光靈微笑著說，從身旁折下了一根水晶，交給了青年。握著手中鋒利的水晶碎片，青年知道了光靈問他的問題。

「如果給你選擇的話，你願意向那獨佔了光的暴君出征嗎？一旦燈塔倒下，星星與溫暖會回歸到這個世界，但大地將失去如此強烈的光源，黑夜也將重新覆蓋這個世界。但倘若繼續的話，燈塔之下的陰影將永遠持續，可那費盡一切成果的光源將得以留存，你想要哪個未來呢？」

聽到光靈的疑問，青年遲疑了一下。然而就只有一下，他變得出了答案，向光靈回應道：

「我不知道。但我確定，我都不想成為世人點燃光明的薪柴。」

青年堅定地說著，向光靈告別後帶著水晶游上了岸。隨著青年踏上沙灘，水晶的光芒便隨之淡去，彷彿被燈塔的光遮蓋了本身的光芒一樣。青年握緊刀鋒般的水晶，堅定地看向首都的燈火。然後他便快步起身，向著閃爍燈火的城市跑了過去。

當士兵們看到他時，青年與他們發生了激烈的衝突。在一次次的戰鬥中，少年剛開始是處於下風，但想活下去的意志，還有對自由的渴望讓他的鬥志越發高昂。漸漸的青年開始佔據上風，將前來阻擋自己的士兵盡數殺死，帶著染血的刀鋒衝向皇宮。在已被燈塔烤黑的宮殿中，王端坐在已經破碎的王座上，眼神空虛的望著遠處的燈塔。他已經坐在這裡好幾年了，他都已經忘了自己究竟是何時開始收集火種，現在他只期待那光能照耀整個世界。

注意到青年的接近，王從座位上起身。不可置信地望向提著刀刃，沾滿血汙向他前來的青年。

「為何要反對我？為何不投身火爐？我所做的一

切，全都是為了照耀這個世界。」

「當然是為了活下去，為了幸福的活著。不論你究竟懷有什麼願景，當你拿人民當作薪柴照耀世界，你的理想就不應被承認。」

青年憤怒的說著，舉起手中的利刃衝向暴君，手起刀落的將他的頭顱砍下。隨著王的頭顱墜落地面，他殘暴的政權也隨之終結。

斬殺了建造燈塔的暴君後，青年飛速的奔出王宮，向遠處的燈塔跑了過去。因著長年的熾熱，燈塔的基石已經龜裂。上層的石頭已經變成玻璃融化，沿著塔樓的牆面流下，就好似死者們的眼淚。

站在燈塔的陰影下，青年將刀刃用力一揮，砍斷了燈塔最後的基石後快速奔離燈塔。隨著宛若玻璃龜裂般的聲音響起，燈塔在烈焰與破碎聲中轟然倒下，爐火中燃燒了數百年的火種在片刻之間盡數撒出，宛若光輝的洪災般從首都擴散開來，在國土上熾熱的燃燒著。在火焰的中心處，大地永恆燃燒的心臟彷彿重獲自由的魚一般，在地面灼熱的燃燒著，穿過融化為玻璃的地表向下沉，最終墜入失去火焰的深坑中。

隨著燒灼王國的大火熄滅，整個世界在一瞬間變為一片黑暗。深夜之中人們的尖叫聲此起彼落地傳遞著，在整塊大地上不絕於耳。

「燈塔的光熄了！今後該怎麼辦？」

「沒有燈塔的光⋯⋯幾百年來的準備怎麼辦？我們已經習慣了燈塔的光，現在只剩下火種了，我們會怎麼樣？」

「有誰能來救救我！告訴我該往哪走！」

眾多這樣的聲音在黑暗中迴盪著，害怕地從啜泣聲中濾出，徘徊在黑夜中。然而青年沒有哭，也沒有尖叫。只是握緊手中的刀，仰望頭上的夜空，等待眼睛適應黑暗。

隨著黑暗持續的時間逐漸變長，四周的大地逐漸開始變得溫暖，不再如地心被挖出時那樣的冰冷。而隨著人們的眼睛漸漸適應黑暗，在已經漆黑了上百年的夜空中，銀紫色的光芒如打光的碎鑽一般，開始在漆黑的夜空中漸漸浮現。悲鳴的聲音漸漸地減弱，許多的人開始停止了哭泣，為千百年來的光明退去後顯現的繁星發出讚嘆。

站在燈塔倒下後的廢墟中，青年微微一笑望著星空。手中的刀開始閃爍銀光，一小團的火種被他小心翼翼的放在火炬上。在這漆黑的黑夜中，散發著微小但卻珍貴的光芒。觸碰著因地熱回歸而綻放的花，青年笑著離開了廢墟，他還沒想好之後要上哪去，但是此刻的他並不恐懼。因為在他的心中，他依稀能聽到天上的星星停止了哭泣，看著倒下的燈塔和重回溫暖的世界微笑著，祝福著這個世界重回繁榮。

再一次的生命

不知道是在什麼地方，曾經有過一個男孩。男孩的故鄉是座小鎮，他的童年過得相當安穩。在還是小孩的時候，男孩印象最深的便是在每天閒暇之餘，獨自一人堆著積木玩樂的愉快遊戲。那時男孩沒有朋友，但他絲毫不感到寂寞，相反他很喜歡這種獨自一人的感覺。儘管當時的他並非對人際感到厭煩，甚至也會享受有人陪伴的樂趣，但更多的時候他其實更喜歡獨自一人的玩樂。對男孩來說，這或許是他人生中最單純的一段日子。

隨著歲月流逝。男孩漸漸地長大，他的雙親出於工作，某天便決定搬往更大的城市居住。在新的城市裡，男孩還是一樣過著鮮少與人交集的生活，但有一點和過去不同，男孩上了幼兒園。在幼兒園裡面，男孩第一次有了與人的互動與遊玩。儘管此時這些關係還不能稱得上友情，但這是男孩第一次體會到，和別人一同遊玩的感覺。

但隨著男孩漸漸長大，他和那些玩伴的關係便漸漸疏遠。這個時期的男孩焦點完全在自己的東西上，因為缺乏可以交談的對象，因此漸漸對人不感興趣。也是在這個時期，他開始被周圍的同儕疏遠，甚至是被導師和同儕欺凌，變得不再能與人交流。

注意到這件事的雙親帶著男孩搬離了那裡，帶著他來到新的環境。在那儘管男孩依然保持沉默，但也不再受到他人的欺凌，在這令人安心的新環境中男孩悠悠地晃過了好幾年。在他接近成年的年紀時，他逐漸意識到自己需要尋找人生的目標並拓展人際，因此開始感到焦慮不安。為了平復這種情緒，他參與了鎮上的一場舞會，在那他遇到了另一個不擅長與人交談的男孩，興趣相同的兩個人變成了好友。

在這之後男孩找了份短期的工作，工作了大概四個月左右。但因為他始終無法達成雇主的期待，因此在四個月結束後便被開除了。挫折的男孩消沉了很長一段時間，不停的擔憂著他沒有目標和工作的未來，渾渾噩噩的過著每一天。又過了一段時間，男孩找到了一份新的工作，開始每天享受著往返於工作場合與家的日復一日的生活。

那段時光很單純，但男孩清楚他不能就這樣下去。於是又過了一段時間，他在持續打工的同時找了間畫室，開始學習和精進繪畫的技巧。在家人和他唯一朋友的支持下，長大成人的男孩繪畫的技巧一天比一天精進，最終他超越了自己以往的技巧，成為了著名的畫家。

而在這之後的人生裡，男孩經歷了一次又一次的快樂和痛苦。他結交了新的朋友，他在工作上遇到挫折。他在某段年齡生了場病，他在幾天後痊癒。他愛上了摯友，他摯友有了女友只能作罷，他和他的摯友一起玩鬧。他的畫作大賣，他的花園乾枯。這些零零總總的快樂和悲傷，構成了男孩一生的故事。在他年近五十的時候，他將這一生的苦樂整理成冊，出版了他做為一個人的一生。

在這之後又過了數年，某個春天。男孩躺在床上，看著窗外飄落的片片花瓣，安詳地閉上了眼，進入夢鄉。也是在這一刻，他的呼吸悄然停息。

在死亡的道路上，他發覺他又變回了當初的那個男孩。在他的眼前，一名身著黑衣的男人坐在一張椅子上，招手示意他向前。那個男人有禮的向男孩打了聲招呼，在他的黑袍之下，白骨的手臂和臉蛋顯得相當明顯。

「你好。我是死神，是死亡的使者。就在剛才，你的壽命已經告終，現在你將要選擇你的來生。」

死神說著，將一張張的畫卷攤開在男孩的面前。這一張張畫卷所畫的，都是一種出生的可能性。

「你可以選擇更好的出生，過上跟這一生不同的一生。在那些生命裡，或許你會成為科學家的孩子，或著可能會成為富豪家的繼承人。抑或著誰知道，搞不好你會成為下一任領袖。或著你也可以選擇沉睡，待這個世界新生之日，重新過一次與如今相似的一生。」

死神向男孩問著。男孩攤開了眼前的一張張畫卷，看著畫卷的內容陷入了沉思。那一張張畫卷的內容都相當精美，但每一張所描繪的生命，全都是超出他想像的可能性。男孩仔細地打量著每一張，想像著自己過上畫卷所描繪的人生，但他的腦袋此時卻一片空白。

在片刻之間，男孩想起了他朋友的模樣。想起了那些快樂的、悲傷的，曾經恨過、依然在恨，曾經愛過、依然在愛的種種片刻。想起了花瓣被風吹落的模樣，想起了畫畫的快樂，想起了那些年的迷茫和成就。以及在同樣的生命中，每一次的選擇。

男孩笑了一下。將一張張畫卷捲好，交還給死神。

「我要選擇沉睡，等待下一次與如今生命相似的一生。我會再次認識相同的朋友，再次做自己喜歡的事。或許我會認識新的朋友，找到新的喜歡的事，甚至是有一為此生沒有的戀人。但不管如何，我都想重新，再過一次這樣平淡、歡快、精彩的一生。」

「我明白了，就如你所願吧。」

死神笑著說。隨後男孩便感受到了一種昏昏欲睡的感覺，隨著眼前的景物變得模糊，他再次的進入了夢鄉。在夢境中，他夢到了他未能參與的宇宙歷史。

他夢到了地球被太陽燒盡，他夢到了星星從銀河中誕生，他夢到了拉尼亞凱亞超星系團被巨引源吸收，他夢到了偉岸的生靈振翅飛離宇宙。他夢到了所有的太陽在一片漆黑中熄滅，他夢到了宇宙開始變冷，他夢到了所有的萬物變成了光，回到那最初的一點上。

然後……在他深邃的夢境中。他看到了那無形的一點開始閃爍，在漆黑中變作星團，最後向外爆漲。偉岸的生靈從閃耀的光芒中誕生，天體和黑洞從最初的一點中被吐出。他看到了那熟悉的一顆，在銀河系的邊緣落了腳，開始創造自己的世界。在太陽周遭的第三個世界中，生命從原始的海中誕生，經歷了數萬年的演化後演化出人類。又在千百餘年的發展中，人類建立了輝煌且龐大的文明，成為了星球的主導生命。

而在某個國家的某處，他看到了那熟悉的地方。
那熟悉的一天，那熟悉的景物。
「嗨，歡迎再一次的生命。」

國家圖書館出版品預行編目（CIP）資料

初筆故事集 / 彭士瑋著 . -- 初版 . -- 新北市 : 斑馬線出版社 , 2025.03
面； 公分

ISBN 978-626-99484-4-4（平裝）

863.59 114001673

初筆故事集

作　　者：彭士瑋
總 編 輯：施榮華
封面及內頁插圖：彭士瑋
總 策 劃：社團法人台灣也思服務學習協會

發 行 人：張仰賢
社　　長：許　赫
副 社 長：龍　青
總　　監：王紅林
出 版 者：斑馬線文庫有限公司
法律顧問：林仟雯律師

斑馬線文庫
通訊地址：234 新北市永和區民光街 20 巷 7 號 1 樓
連絡電話：0922542983

製版印刷：龍虎電腦排版股份有限公司
出版日期：2025 年 3 月
I S B N：978-626-99484-4-4
定　　價：360 元